Family,
Familia

By / Por
Diane Gonzales Bertrand

Illustrations by / Ilustraciones por
Pauline Rodriguez Howard

Spanish translation by / Traducción al español por
Julia Mercedes Castilla

PIÑATA
BOOKS

PIÑATA BOOKS
ARTE PÚBLICO PRESS
HOUSTON, TEXAS
1999

Publication of *Family, Familia* is made possible through support from the Andrew W. Mellon Foundation and the National Endowment for the Arts. We are grateful for their support.

Esta edición de *Family, Familia* ha sido subvencionada por la Fundación Andrew W. Mellon y el Fondo Nacional para las Artes. Les agradecemos su apoyo.

Piñata Books are full of surprises!

Piñata Books
Arte Público Press
University of Houston
Houston, Texas 77204-2174

Illustrations by Pauline Rodriguez Howard
Cover design by James F. Brisson

Bertrand, Diane Gonzales.
    Family, *familia* / by Diane Gonzales Bertrand; illustrations by Pauline Rodriguez Howard; Spanish translation by Julia Mercedes Castilla = Family, *familia* / por Diane Gonzales Bertrand; ilustraciones por Pauline Rodriguez Howard; traducción al español por Julia Mercedes Castilla.
       p.   cm.
    Summary: A reluctant participant in the González family reunion, Daniel has some pleasant surprises and discovers the meaning of family.
    ISBN 1-55885-269-7 (hardcover) / ISBN 1-55885-270-0 (pbk.)
      [1. Family reunions—Fiction. 2. Mexican Americans—Fiction. 3. Spanish language materials—Bilingual.] I. Howard, Pauline Rodriguez, ill. II. Castilla, Julia Mercedes. III. Title.
PZ73.B444   1999
[E]—dc21
                                                 98-32227
                                                 CIP
                                                 AC

9 0 1 2 3 4 5 6 7 8   10 9 8 7 6 5 4 3 2 1

For *prima* Graciela and the Gonzales-González families
—DGB

For my daughters Jean and Kelley
—PRH

•

Para mi *cousin* Graciela y la familia Gonzales-González
—DGB

Para mis hijas Jean y Kelley
—PRH

Sometimes when we worked together, my father liked to tell me family stories. I listened, but I didn't really care. Sometimes I even felt bored. What did those people have to do with *me*?

Then one night during supper, my father told us, "This summer there'll be a family reunion in San Antonio. We have family scattered across Texas. Some live in other states. Some even live in Mexico. Can you imagine, Daniel? *La familia* González, all in one place!"

Algunas veces cuando trabajábamos juntos, a mi padre le gustaba contarme historias de la familia. Yo escuchaba, pero realmente no me interesaban. A veces me aburría. ¿Qué tenían que ver esas personas con mi vida?

Luego, una noche durante la cena, mi padre nos dijo: —Este verano habrá una reunión de familia en San Antonio. Tenemos familia regada por todo Tejas. Algunos viven en otros estados. Unos todavía viven en México. ¿Te puedes imaginar, Daniel, toda la familia González en un mismo lugar?

I wasn't excited like my father. I just bet this reunion would be nothing but old people sitting around telling old stories. There wouldn't be anything for a boy like me to do. I would have been happy to have stayed in Kingsville. Instead, I had to ride beside my big sisters for four long hours in the back seat of our truck.

Finally, we reached the park in San Antonio. As we got out of the truck, two old people walked to meet us.

Yo no estaba tan emocionado como mi padre. Podría apostar que en esta reunión no habría más que viejos contando historias del pasado. No habría nada que hacer para un chico como yo. Me hubiera gustado quedarme en Kingsville. Como quiera, tuve que viajar con mis hermanas mayores, en el asiento de atrás de nuestra camioneta, por cuatro largas horas.

Finalmente llegamos a un parque en San Antonio. Al bajarnos de la camioneta dos viejos vinieron a darnos la bienvenida.

"*¿Ay, Alberto, cómo estás?*" said the tall man, who hugged my father. Then he turned to squeeze me in his big arms. "*M'ijo,* I'm your *Tío* Manuel."

"This is my son, Daniel," my father told a woman in a flowered dress, "and my two daughters, Nelda and Josie."

"*Ay qué lindos,*" she said as she stroked my cheek. She kissed my sisters.

"This is your great aunt, your *tía,* Graciela," Dad said. "She's the one who invited everyone to the picnic."

—¿Ay, Alberto, ¿cómo estás?— dijo el hombre alto, que abrazó a mi padre. Luego dio la vuelta y me apretó entre su enormes brazos. —M'ijo, soy tu Tío Manuel.

—Éste es mi hijo, Daniel,— le dijo mi padre a la mujer del vestido floreado, —y mis dos hijas, Nelda y Josie.

—Ay qué lindos,— dijo la mujer acariciándome la mejilla. A mis hermanas las besó.

—Ésta es tu *great aunt,* tu tía, Graciela,— Papá dijo. —Ella fue la que nos invitó a todos a la comida campestre.

Tía Graciela took us to meet the others. Everyone sat at picnic tables under a large covered area. She showed us a big poster listing all the family names: *González, Martínez, Balboa, MacRae, Rosencranz* . . .

"This is how we know the different families," *Tía* Graciela said, and stuck a name tag on my T-shirt. "A red badge means Benito González was your great-grandfather."

A lot of people I didn't know wore red tags, too. I would look at them and wonder, *How can he be a González? He doesn't look anything like my dad.* A big man named *Tío* Lalo gave every person a ticket for a raffle, too. I stuck mine in my pocket and I thought, *What will I do all day?*

Tía Graciela nos llevó a conocer a los otros. Todos nos sentamos a la mesa en una amplia área cubierta. También nos mostró un inmenso cartel con la lista de los nombres de la familia: *González, Martínez, Balboa, MacRae, Rosencranz* . . .

—Así es cómo sabemos de las diferentes familias,— dijo Tía Graciela y pegó una etiqueta con mi nombre sobre mi camiseta. —Una etiqueta roja quiere decir que Benito González era tu bisabuelo.

Muchas personas que yo no conocía llevaban puestas etiquetas rojas. Los miraba con curiosidad. *¿Cómo puede ser él un González? No se parece en nada a mi papá.* Un hombre grande con el nombre de Tío Lalo también le dio a cada persona un boleto para la rifa. Guardé el mío en el bolsillo y pensé: *¿Qué haré todo el día?*

At least there was a lot to eat. People brought brisket, sausage, fried chicken, and *cabrito*. There was *arroz* and beans, potato salad, lettuce and tomatoes, pickles, and *jalapeños*. There were apple and cherry pies, *pan dulce*, and a big white cake with GONZÁLEZ written on it in blue frosting.

While we ate, the *mariachis* arrived. One *mariachi* stood in front of the other musicians and sang Mexican songs.

Por lo menos había mucho que comer. La gente había traído carne de res, salchichas, pollo frito y cabrito. Había arroz y frijoles, ensalada de papa, lechuga y tomates, pepinillos y jalapeños. Había *pies* de manzana y cereza, pan dulce y un inmenso pastel blanco con GONZÁLEZ escrito en azul.

Mientras comíamos, llegaron los mariachis. Un mariachi se paró frente a los otros músicos y cantó canciones mexicanas.

Later, *Tío* Manuel sang with the *mariachis*, too. He even borrowed a *sombrero* and wore it. That's when I remembered my father's story of how *Tío* Manuel used to sing with a band in Mexico.

One table of people clapped when *Tío* Manuel pulled up a blonde-haired boy to sing the next song. There he stood in his baseball cap, green T-shirt, and cut-off jeans, singing like a *mariachi*. Everyone clapped when the boy yelled a loud *grito* in the middle of the song.

Just before the *mariachis* left, *Tía* Graciela and the *mariachi* singer danced.

Más tarde Tío Manuel también cantó con los mariachis. Hasta pidió prestado un sombrero y se lo puso. Entonces fue cuando me acordé del cuento de mi padre de cómo Tío Manuel había cantado con una banda en México.

En una de las mesas la gente aplaudió cuando Tío Manuel sacó a un chico de pelo rubio para que cantara la próxima canción. Ahí se quedó parado, con su gorro de béisbol, su camiseta verde y sus *jeans* recortados, cantando como un mariachi. Todos aplaudieron cuando el chico lanzó un grito en la mitad de la canción.

Antes de que los mariachis se fueran, Tía Graciela y el mariachi cantante bailaron.

Next came the family picture. My father, sisters, and I stood with the family that descended from Benito González. There were so many of us in the picture that I could barely see the woman holding the camera.

Después vino la fotografía de la familia. Mi padre, mis hermanas y yo nos juntamos con la familia que descendía de Benito González. Éramos tantos para la fotografía que yo casi no veía a la mujer que sostenía la cámara.

Afterwards, someone raised a big *piñata* high into one of the trees. A line of children took turns trying to break it. The boy in the green T-shirt finally cracked open a big hole. Everyone crawled on the ground for handfuls of candy.

I was sitting under a tree pulling grass out of my candy when that boy in the green T-shirt sat beside me.

"Will you trade some gum for sourballs?" he asked.

En seguida alguien levantó una gran piñata y la puso en uno de los árboles. Una fila de niños esperaba su turno para tratar de romperla. El chico de la camiseta verde finalmente le abrió un gran hueco. Todos gateaban por el suelo buscando manotadas de dulces.

Yo estaba sentado bajo un árbol, quitándole el pasto a mis caramelos cuando el chico de la camiseta verde se sentó junto a mí.

—¿Me cambiarías algunos de tus chicles por bolas agridulces?— me preguntó.

After we made the trade, he said, "My name is Brian. I live in Dallas."

"I'm Daniel. I live in Kingsville."

Later, he showed me his skateboard and we took turns in the parking lot. Then I showed him my new baseball glove. He grabbed one out of his mother's car, and we played catch.

Después de que hicimos el cambio él me dijo: —Mi nombre es Brian. Vivo en Dallas.

—Yo soy Daniel. Vivo en Kingsville.

Más tarde me mostró su patineta y nos turnamos en el estacionamiento. Luego yo le mostré mi guante de béisbol. Él sacó uno del auto de su madre y jugamos pelota.

We were hot and sweaty when *Tía* Graciela called out, *"¡Sandía!"*

Tío Lalo and *Tío* Manuel had laid newspapers on the table and cut up watermelons. The *sandía* was cold and sweet. Brian and I spit out the seeds on each other's feet. Each of us ate three pieces.

"Who is this?" my father asked me.

"This is Brian. He's a boy I've been playing with."

My father laughed and said, "Well, he's your *cousin,* too!"

I looked at Brian and he looked at me. "All right!" we both said, and slapped our hands together in a high-five.

Estábamos acalorados y sudorosos cuando Tía Graciela gritó: —¡Sandía!

Tío Lalo y Tío Manuel pusieron periódicos sobre la mesa y cortaron las sandías. La sandía estaba fría y dulce. Brian y yo escupimos las semillas sobre los pies del otro. Nos comimos cada uno tres pedazos.

—¿Quién es este muchacho?— me preguntó mi padre.

—Es Brian, el chico con quien he estado jugando.

Mi padre se rió y dijo: —¡Bien, él también es tu primo!

Miré a Brian y él me miró. —¡Está bien!— dijimos ambos y palmoteamos nuestras manos en lo alto.

Under the big cover, a deejay played music. Many people danced together. The little girls blew bubbles that floated around the dancers and popped upon them. Brian and I watched all the teenage girls run away as *Tío* Lalo started asking ladies to dance.

"Hide us! Hide us!" Nelda and Josie said, running behind Brian and me. "Dad always said that *Tío* Lalo dances like someone from an old movie. What if he wants to dance with us?"

Brian and I laughed at my silly sisters. And we laughed more when Brian pointed and said, "Look! My mother is dancing with *Tío* Lalo."

Bajo la enorme cubierta el animador ponía música. Muchas personas bailaban juntas. Las niñas pequeñas hacían bombas que flotaban sobre los que bailaban y estallaban sobre ellos. Brian y yo observábamos a las chicas mayores correr cuando Tío Lalo empezó a pedirle a las damas que bailaran.

—¡Escóndanos! ¡Escóndanos!— Nelda y Josie dijeron, corriendo detrás de Brian y de mí. —Papá siempre dice que Tío Lalo baila como alguien en una película vieja. ¿Qué tal si quiere bailar con nosotras?

Brian y yo nos reímos de mis tontas hermanas. Y nos reímos más cuando Brian señaló y dijo: —¡Miren! Mi madre está bailando con Tío Lalo.

The family reunion went on until dark. Brian and I hunted for *chicharras*, made music on blades of grass, and had a sword fight with pieces of the *piñata*. We ate more barbecue, watermelon, and pieces of the González family cake. I even got a **G** on my second piece.

Just after the deejay said he was about to play the last song, old *Tío* Lalo got on the microphone. "We all come from the same trunk of a family tree. Our grandparents, Ramón and Teresa, produced their six children. They had children and grandchildren. We must not forget that all of us are branches of a strong tree. *¡Viva la familia González!*"

Everyone cheered. Brian even taught me how to yell a *grito*.

La reunión de familia se alargó hasta que oscureció. Brian y yo cazamos chicharras, hicimos música con hojas de pasto, y tuvimos una pelea de espadas con trozos de la piñata. Comimos más barbacoa, sandía y pedazos del pastel de la familia González. Hasta una **G** me salió en mi segundo pedazo.

Después de que el animador dijo que pondría la última canción, el viejo Tío Lalo tomó el micrófono. —Nuestros abuelos produjeron seis hijos y ellos tuvieron hijos y nietos. No debemos olvidar que todos venimos del mismo tronco, que somos ramas de un árbol fuerte: ¡Viva la familia González!

Todos vitorearon. Brian me enseñó como lanzar un grito.

"Now, everyone should get out their raffle ticket to see who wins the big prize," *Tío* Lalo told us.

He reached into a silver bucket. He read out the number: "Four-five-one."

I couldn't believe it. The number on my ticket was **451**.

I shook *Tío* Lalo's hand and he gave me a big framed picture of my great-great-grandparents, Ramón and Teresa González.

—Ahora, todos deben sacar sus boletos para la rifa a ver quién se gana el gran premio,— dijo Tío Lalo.

Él metió la mano en una cubeta plateada. Leyó el número:
—Cuatro-cinco-uno.

No lo podía creer. El número de mi boleto era **451**.

Estreché la mano de Tío Lalo antes de que me diera una fotografía enmarcada de mis tatarabuelos, Ramón y Teresa González.

Brian and I had to say good-bye. He told me to come to Dallas. I told him to come to Kingsville. We even promised to write letters to each other.

As I sat in the back seat of the truck with my sisters, I thought about the reunion and my family. We were all part of the same family, *la familia* González. We lived in different places, and some had different names, but we were all connected.

And I was the lucky one who got to hold that connection in my arms all the way home.

Brian y yo tuvimos que decirnos adiós. Me dijo que fuera a Dallas. Yo le dije que viniera a Kingsville. Hasta prometimos escribirnos cartas.

Al sentarme con mis hermanas en el asiento de atrás de la camioneta, pensé en la reunión de mi familia. Todos éramos parte de la misma familia, la González *family*. Vivíamos en diferentes lugares, y algunos teníamos nombres diferentes, pero todos estábamos emparentados.

Y yo era el afortunado que sostenía esa conexión en mis brazos durante todo el camino a casa.

Diane Gonzales Bertrand teaches creative writing and English composition at St. Mary's University in San Antonio, Texas, where she lives with her husband and two children. She is also the author of *Sweet Fifteen, Alicia's Treasure, Lessons of the Game, and Sip, Slurp, Soup, Soup / Caldo, caldo, caldo,* all published by Piñata Books.

Diane Gonzales Bertrand enseña escritura creativa y composición en la Universidad de Santa María en San Antonio, lugar donde vive con su esposo y sus dos hijos. Otros libros de su autorra son: *Sweet Fifteen, Alicia's Treasure, Lessons of the Game y Sip, Slurp, Soup, Soup/ Caldo, caldo, caldo* publicados por Piñata Books.

Pauline Rodriguez Howard is a native Texan of Spanish and Polish ancestry. Since graduating from the University of Houston with a degree in art, she has become well known for her paintings. Every five years, her own family has a huge reunion much like the one described in *Family, Familia.*

Pauline Rodriguez Howard es nativa de Texas con ascendencia polaca. Desde que se graduó de la Universidad de Houston con una licenciatura en arte, se hizo muy conocida por sus pinturas. Cada cinco años, tiene una gran reunión familiar como la que describe en *Family, Familia.*